W0273932

David Boriau | Yuna Park

Julia la seule

DUPUIS

JULIA LA SEULE

PREMIÈRE ÉDITION

© Dupuis, 2024. Tous droits réservés

Comme Julia, cet album a eu plusieurs vies... Merci à Frédéric Niffle et ses dons de médium, pour les premiers pas de ce projet ; à Adrien Vinay, le sage au crâne brillant, pour nous avoir ouvert les portes des éditions Dupuis et à Éloi Morterol, le guide à la barbe de feu, pour sa grande pertinence dans les limbes du monde de Julia !
Merci à Yuna pour sa confiance, son immense talent, l'âme de cet univers !
À mon fils, Mika.

David

J'aimerais remercier David pour m'avoir proposé la belle histoire de Julia et pour m'avoir fait confiance ! Merci aux Éditions Dupuis, à Adrien et Eloi pour leur patience et leur soutien. Julia a été une période d'évolution importante. En outre, je suis reconnaissante à ma famille et à mes amis dont les encouragements et l'aide m'ont permis d'aller au bout de cette histoire.

Yuna

SCÉNARIO
David Boriau

DESSIN
Yuna Park

ÉDITEUR
Éloi Morterol

LETTRAGE
Hugo Ferrante

MAQUETTE DE COUVERTURE
Pierre-Yann Lallaizon avec Thibaud Sicard
STUDIO RECTO VERSO

RELECTURE
Jean-Baptiste Chouvenc

Dépôt légal :
septembre 2024 - D/2024/0089/332
ISBN : 979-1-0347-6593-5

Éditions Dupuis s.a,
rue Destrée 52,
6001 Marcinelle,
Belgique.

Imprimé par Imprimerie Delabie,
Z.I. La Martinoire,
Boulevard de l'Eurozone 9,
7700 Mouscron,
Belgique

Achevé d'imprimer en août 2024.

www.dupuis.com

Certifié PEFC
Ce produit est issu de forêts gérées durablement et de sources contrôlées
PEFC/07-31-234
www.pefc.org

C'EST LE GRAND JOUR !
TU VOIS, J'Y VAIS, MA PREMIÈRE JOURNÉE DANS TON ÉCOLE !
ÇA Y EST...
LYCÉE H.RAMIS
COMME SI JE REDOUBLAIS POUR LA TREIZIÈME FOIS !

ET VOILÀ, ILS ME REGARDENT TOUS COMME SI J'ALLAIS ME METTRE À CHANTER OU RACONTER UNE BLAGUE...
JE VOUS PRÉSENTE JULIA.
JE DÉTESTE LE PREMIER JOUR !
JULIA REJOINT NOTRE CLASSE EN COURS D'ANNÉE, À LA SUITE D'UN DÉMÉNAGEMENT...
J'ATTENDS DE VOUS QUE VOUS L'AIDIEZ À S'INTÉGRER !
SI SEULEMENT JE POUVAIS DISPARAÎTRE DERRIÈRE LE TABLEAU... OU SOUS L'ESTRADE !
NE PAS RIRE !
BONJOUR !
JE SUIS...
VRRRR R
RR...
CLIC
DÉSOLÉ, MONSIEUR !
MIKA, TU SAIS TRÈS BIEN QUE LES TÉLÉPHONES SONT INTERDITS EN CLASSE, N'EST-CE PAS ?
OUI, MAIS...
MAIS QUOI ?
CE N'EST PAS UN TÉLÉPHONE !
C'EST...

EUH...
... UN RÉVEIL !
UN RÉVEIL ?
!!
HA HA HA HAHA HA HAHA HAHAHA
T'ES TROP FORT, MEC !
COMME TU PEUX LE VOIR, NOUS AVONS DE CURIEUX SPÉCIMENS DANS CETTE CLASSE !
TU PEUX ALLER T'ASSEOIR !
MERCI POUR CETTE ÉTRANGE DIVERSION !
JE PEUX ?
BIEN SÛR !
J'ADORE TES CHEVEUX ! JE M'APPELLE CAITLIN !
MERCI !
ENCHANTÉE, CAITLIN !
COMME TU AS PU LE VOIR, MIKA, C'EST LE BIZARRE DE LA CLASSE. C'EST DOMMAGE, PARCE QU'IL EST MIGNON.
EN TOUT CAS, TU AS L'AIR DE LUI PLAIRE : IL NE TE QUITTE PAS DU REGARD !

!?
TU ME MANQUES… ET ENCORE PLUS MAINTENANT QUE JE SUIS PARMI EUX !
COMME JE TE L'AI PROMIS, JE VAIS FAIRE LE MAXIMUM, MAIS JE NE TIENDRAI PAS UNE ANNÉE ICI !
JE SAIS, TU M'AURAIS DIT QUELQUE CHOSE DU GENRE « CHAQUE JOURNÉE EST UNE ÉQUATION À PLUSIEURS INCONNUES DONT LA RÉSOLUTION DÉPEND DE LA MULTIPLICATION DES RENCONTRES ET DU FACTEUR D'IMPRÉVISIBILITÉ ». TA FAÇON À TOI DE ME DIRE « FAIS-TOI DES AMIS !! »
TU ME MANQUES, NATALIA !

ALORS COMME ÇA, TU ES DISPENSÉE DE SPORT ?
OUI, C'EST UN CERTIFICAT AUTHENTIQUE !
OK, VA T'ASSEOIR DANS LES GRADINS !
TAP
TAP
NOUS REVOILÀ ENSEMBLE. TOI AUSSI, TU AS UNE DISPENSE ? MOI, JE SUIS ASTHMATIQUE CHRONIQUE, ET TOI ?
J'AI UNE HYPER-SENSIBILISATION DE LA PEAU !
OH ! ET CA VA ?
OUI, JE DOIS JUSTE ÉVITER LES CONTACTS TROP BRUSQUES !
TAP
TAP
TU VIENS D'OÙ ?
DU KENT, EN ANGLETERRE. ET TOI ?
OUAAA... L'ANGLETERRE, LE PAYS DE LA MAGIE ! MOI, J'AI TOUJOURS VÉCU ICI !

PAF
!
DÉSOLÉE !
VAS-Y, RENDS-NOUS LA BALLE !
JULIA ?
QU'EST-CE QUE T'ATTENDS, LA NOUVELLE ? TU NE SAIS PAS COMMENT ON LANCE UNE BALLE ?
Hi Hi Hi
HAHAHA
OU BIEN TU NE SAIS JUSTE PAS CE QUE C'EST ?
C'EST CE QUE TU TIENS ENTRE LES MAINS, HA HA HA !
!
FLOP

UN COUP DE BOL !
TROOOP FORT !
JE PEUX ÊTRE TON AMIE ?!
TA PREMIÈRE JOURNÉE S'EST BIEN PASSÉE ?
OUI, TRÈS BIEN !
VEUX-TU QUE JE TE RAMÈNE CHEZ TOI ?
NON, ÇA IRA, MERCI, MONSIEUR SOMERTON !
EXCUSE-MOI, MAIS JE ME DEMANDE QUAND MÊME SI TA TANTE A VRAIMENT PENSÉ À TA SÉCURITÉ DANS SES DERNIÈRES VOLONTÉS !
NE VOUS INQUIÉTEZ PAS...
ELLE SAVAIT CE QU'ELLE FAISAIT ET JE SUIS EN SÉCURITÉ !

!
!!
POURQUOI TU ME SUIS ?
ZIP
CITY

FUUUUT
BOOUM
DÉSOLÉ... JE NE VOULAIS PAS...
A... A...
ATTENDS... C'EST PAS PASSÉ LOIN... J'AI VU LA MORT EN FACE !
TU L'AS VUE SUR TA DROITE !
QUOI ?!!
ATTENDS, JULIA, J'AI DES QUESTIONS IMPORTANTES À TE POSER !
OK, SUIS-MOI, ON EST À 100 MÈTRES DE CHEZ MOI !
ON VA CHEZ TOI ?!

ET ALORS, C'EST PAS POUR ÇA QUE TU ME SUIVAIS ? POUR SAVOIR OÙ J'HABITE ?
EUH... SI, MAIS CE N'EST PAS CE QUE TU CROIS !
JE SAIS QU'À L'ÉCOLE, ON A DÛ TE DIRE QUE J'ÉTAIS BIZARRE OU FOU, MAIS SI J'ÉTAIS EN TRAIN DE TE FILER... C'EST POUR DE BONNES RAISONS !
ME VOILÀ RASSURÉE !
C'EST ICI QUE TU VIS ?!
OUI.
JE LE SAVAIS !
ATTENDS, GRIFFY, MES BOTTES SONT PLEINES DE NEIGE, ÇA NE VA PAS TE PLAIRE !
RRRR

JULIA
NATALIA
OUAH ! CARRÉMENT !
RETIRE TES CHAUSSURES !

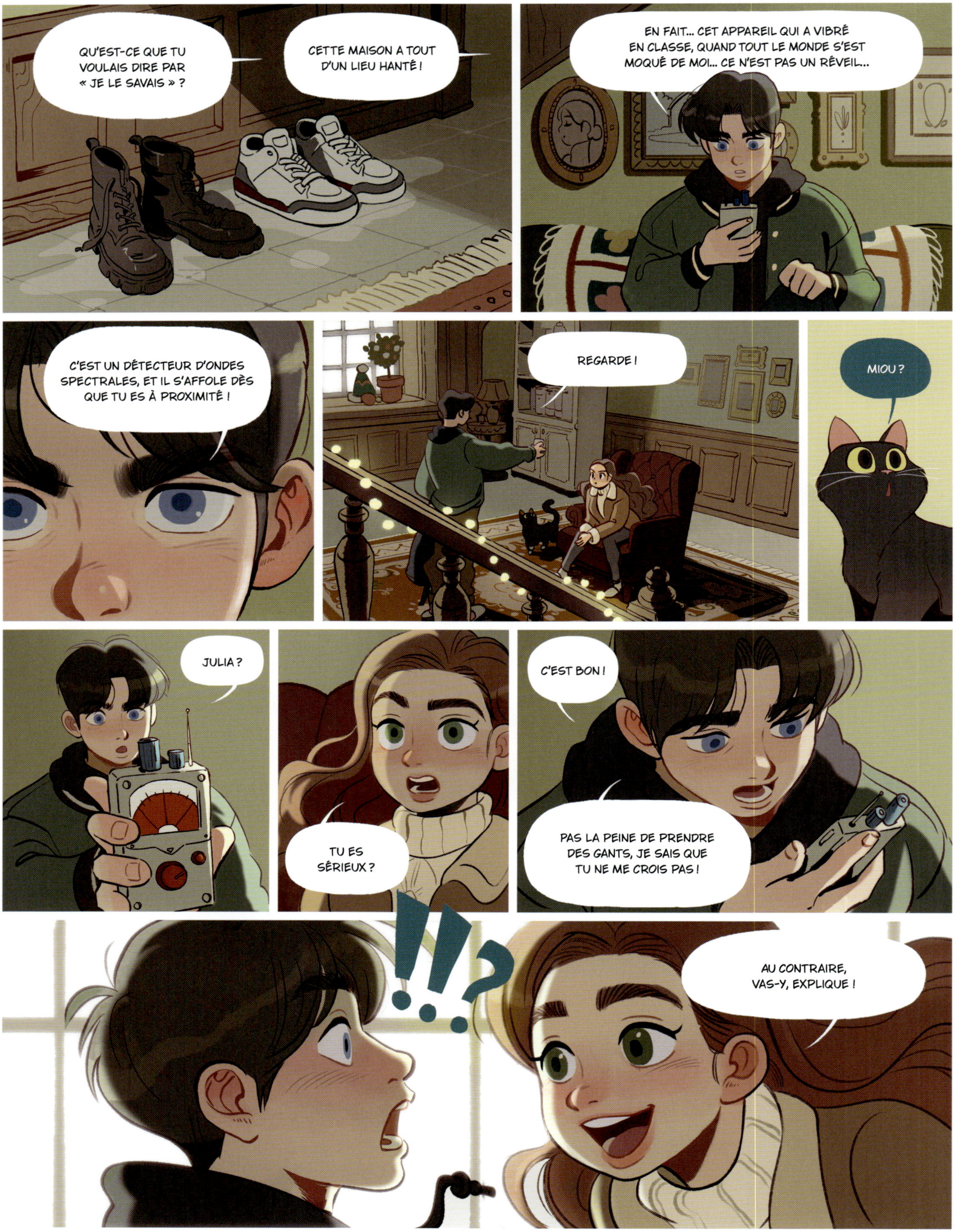
QU'EST-CE QUE TU VOULAIS DIRE PAR « JE LE SAVAIS » ?
CETTE MAISON A TOUT D'UN LIEU HANTÉ !
EN FAIT... CET APPAREIL QUI A VIBRÉ EN CLASSE, QUAND TOUT LE MONDE S'EST MOQUÉ DE MOI... CE N'EST PAS UN RÉVEIL...
C'EST UN DÉTECTEUR D'ONDES SPECTRALES, ET IL S'AFFOLE DÈS QUE TU ES À PROXIMITÉ !
REGARDE !
MIOU ?
JULIA ?
TU ES SÉRIEUX ?
C'EST BON !
PAS LA PEINE DE PRENDRE DES GANTS, JE SAIS QUE TU NE ME CROIS PAS !
!!?
AU CONTRAIRE, VAS-Y, EXPLIQUE !

INSTALLE-TOI ET RACONTE-MOI TOUT !
ATTENDS !
TU NE SERAIS PAS EN TRAIN DE TE FOUTRE DE MOI ?
NON, PAS DU TOUT !
TU ME FILMES EN CACHETTE, C'EST ÇA ?
ET TU VAS METTRE MES « DÉLIRES » EN LIGNE !
NON !
PAF
MAINTENANT, PARLE !
POUF
DÉSOLÉE, MAIS C'EST UN SUJET QUI ME TOUCHE PARTICULIÈREMENT !
BON, OK... J'AI DEUX PASSIONS : LE PARANORMAL ET L'ÉLECTRONIQUE. JE CONSTRUIS DES TRUCS DEPUIS QUE J'AI HUIT ANS...

... ET, IL Y A DEUX ANS, MON PÉPÉ EST MORT. À L'ÉPOQUE, J'AVAIS CUSTOMISÉ MON SMARTPHONE, GENRE J'AVAIS LA 12G, JE CAPTAIS DES FRÉQUENCES TOTALEMENT INCONNUES !
C'EST LÀ QUE, DANS LE CIMETIÈRE, JE ME SUIS MIS À RECEVOIR DES SIGNAUX ULTRA BIZARRES, PUIS MON SMARTPHONE S'EST MIS EN MODE ALARME DE FIN DU MONDE... LA PIRE GÊNE DE MA VIE !!
J'ÉTAIS SÛR D'AVOIR DÉCOUVERT UN TRUC ÉNORME !
ALORS J'AI REFAIT L'EXPÉRIENCE DANS DES CIMETIÈRES...
... ET MÊME DANS UNE MORGUE !
ÇA M'A PRIS UN AN...
... MAIS J'AI RÉUSSI À METTRE AU POINT LE DÉTECTEUR D'ONDES SPECTRALES !
TU EN AS TROUVÉ ?
TU AS VU DES FANTÔMES ?

NON, JE N'EN AI PAS VU...
MAIS JE SUIS EN TRAIN DE METTRE AU POINT UN APPAREIL CAPABLE DE BLOQUER LES ONDES SPECTRALES, JE POURRAIS FIGER LES FANTÔMES DANS NOTRE MONDE !!
ET, AVEC TOI, C'EST LA PREMIÈRE FOIS QUE JE CAPTE DES FRÉQUENCES AUSSI FORTES !
ET QU'EST-CE QUE ÇA SIGNIFIE ?
D'APRÈS MOI, C'EST PARCE QUE TU ES EN CONTACT FRÉQUENT AVEC UN OU PLUSIEURS FANTÔMES !
TU AS REMARQUÉ DES CHOSES ÉTRANGES, ICI ?
NON, PAS VRAIMENT !
IL FAUDRAIT QUE J'INSPECTE TOUTE LA MAISON AVEC MON MATOS !
TU SERAIS D'ACCORD QUE JE VIENNE AVEC MON MATOS ? JE PENSE QUE ÇA ME PRENDRAIT UN JOUR OU DEUX !
SUPER IDÉE !!
ON FAIT ÇA QUAND TU VEUX !
QU'EST-CE QUE TU AS ?
C'EST LA PREMIÈRE FOIS QUE L'ON ME PREND AU SÉRIEUX !

OK POUR CE WEEK-END, ALORS ?
OUI !
EUH... MAIS TES PARENTS ?
ILS SONT MORTS, JE VIS SEULE ICI !
RRRR
DÉSOLÉ...
MAIS... TOUTE SEULE TOUTE SEULE ?!
BEN OUI, JE SAIS ME DÉBROUILLER !
J'AI HÉRITÉ CE MANOIR DE MA TANTE QUI EST DÉCÉDÉE L'ANNÉE PASSÉE !
INTÉRESSANT...
JE VEUX DIRE... DÉSOLÉ !
PAS DE SOUCIS !
COMMENT S'APPELAIT TA TANTE ?
NATALIA MEITNER, ELLE A ÉTÉ LA DIRECTRICE DE NOTRE LYCÉE !
C'EST ELLE QUI M'A ÉLEVÉE, POUR AINSI DIRE !

NATALIA MEITNER... AH OUAIS, QUAND MÊME... C'ÉTAIT UNE PHYSICIENNE DE GÉNIE, APPAREMMENT !!
HA HA HA !
TU AVAIS RAISON, NATALIA !
JE L'AI TROUVÉ ! OU PLUTÔT, NON : C'EST LUI QUI M'A TROUVÉE !
HA HA HA
DANS TON ÉCOLE !
EN PLUS !
J'AURAIS TELLEMENT VOULU QUE TU LE RENCONTRES !
APRÈS TOUT CE TEMPS !
DING DING DING

MIKA ?
CAITLIN ?
DÉSOLÉE ! JE VOULAIS RENTRER AVEC TOI, MAIS J'AI VU QUE TU ÉTAIS AVEC MIKA, ALORS J'AI PRÉFÉRÉ VOUS SUIVRE, HISTOIRE D'ÊTRE SÛRE QUE TOUT ALLAIT BIEN...
... PUIS J'AI VU QU'IL ÉTAIT PARTI, ALORS JE ME SUIS PERMIS MAIS SI JE DÉRANGE, JE...
CHUT !
HA HA HA !
ENTRE !!
ENLÈVE TES BOTTES !
T'ES SÛRE QUE JE NE DÉRANGE PAS ? CE N'EST VRAIMENT PAS DANS MES HABITUDES DE M'IMPOSER !
RE-CHUT !
JE VAIS TE FAIRE VISITER MON MANOIR HANTÉ !
DESTINATION L'ÉTAGE DES SUEURS FROIDES !
!?
ET TES PARENTS ?
IL N'Y A PERSONNE, JE SUIS LE SEUL ÊTRE VIVANT DE CETTE EFFROYABLE DEMEURE !!
QUOI ?!
NON, JE NE SUIS PAS TOUTE SEULE, IL Y A AUSSI GRIFFY !
HA... HA.. HA

POUR COMMENCER, VOICI LES FRÈRES NEW JERSEY...
LES GARDIENS DE MA BIBLI !
PSCHHH
JE TE L'ACCORDE, C'EST ULTRA KITSCH !
MIKA, LUI, N'A PAS EU DROIT À LA VISITE GUIDÉE !
QU'EST-CE QU'IL TE VOULAIT ?
!?
IL VEUT TROUVER DES FANTÔMES... ET IL VA EN TROUVER !
JUSTEMENT, ALLONS VOIR JOSÉPHINE !
JE SUPPOSE QU'ELLE EST MORTE ?
BIEN ENTENDU !
LA CHAMBRE DE LA PAUVRE JOSÉPHINE, MYSTÉRIEUSEMENT DISPARUE DANS LES ANNÉES TRENTE... TOUTES LES NUITS, ON ENTEND UN VÉRITABLE CONCERT DE CRAQUEMENTS DE BOIS ET DE MÉTAL !
VEUX-TU SAVOIR CE QUI SE PASSE DANS CETTE CHAMBRE, LA NUIT ?
HI HI HI ! OUI !!

TCHOING
TCHOING
KRAAAK
HA HA
KRAAK
HI HI HI
KRAA
IIII
TCHOING
KRAAK
KRRR
CAITLIN,
ÇA VA ?
PSCHH
HAHAHA
BIZZZ
C'EST MON ENDROIT
PRÉFÉRÉ DE LA MAISON !

C'EST MAGNIFIQUE !
J'Y AI PASSÉ BEAUCOUP DE TEMPS AVEC NATALIA À REFAIRE LE MONDE !
QUI EST NATALIA ?
MA TANTE. C'ÉTAIT SON MANOIR, J'EN AI HÉRITÉ !
ON COURAIT PARTOUT EN CRIANT COMME DES FOLLES, COMME SI NOUS ÉTIONS POURSUIVIES PAR UN DÉMON...
ON DIRAIT QUE TU PARLES D'UNE AMIE DU MÊME ÂGE QUE TOI !
C'EST VRAI !
ELLE TE MANQUE ?
OUI.
?!

NATALIA MEITNER
PROFESSEURE
DE PHYSIQUE
DIRECTRICE DU
LYCÉE H. RAMIS
DE 1997 À 2010
CORPS PROFESSORAL JUIN 2009
clic
clic
clic
!?
VLAM
ALORS PETIT FRÈRE, ON A ENFIN DÉCIDÉ DE S'INTÉRESSER AUX FILLES ?
IL PARAÎT QUE C'EST UNE NOUVELLE VENUE DANS L'ÉCOLE...
AVEC UNE CHEVELURE DE SUPER-HEROÏNE ET UN REGARD DE FEU !

JE VOIS QUE T'ES TOTALEMENT MORDU, C'EST ELLE ?
C'EST ELLE...
ELLE EST JOLIE !
PEUT-ÊTRE UN PEU TROP POUR TOI !
LA PHOTO DATE DE 1984.
QUOI ?!
C'EST ELLE, LE FANTÔME QUI A ENLEVÉ MAMAN...
MIKA, NE ME DIS PAS QUE TU VAS RECOMMENCER AVEC ÇA !
CES CHEVEUX, J'AURAIS DÛ M'EN SOUVENIR !!
MIKA !!
C'EST TELLEMENT ÉVIDENT !
MON DÉTECTEUR QUI S'AFFOLE... ELLE VIT SEULE...
SON INTÉRÊT POUR MES INVENTIONS...
MIKA, ARRÊTE ÇA TOUT DE SUITE !!
TRÈS BIEN !!
ALORS, EXPLIQUE-MOI CETTE PHOTO !!

C'EST JUSTE UN SOSIE, IL N'Y A RIEN À EXPLIQUER !
N'IMPORTE QUOI, TU N'AS PAS TOUS LES ÉLÉMENTS !!
JE NE VEUX RIEN SAVOIR ET TU N'AS PAS INTÉRÊT À HARCELER CETTE FILLE !!
CE N'EST PAS UNE FILLE, C'EST UNE SALOPERIE DE FANTÔME !
J'AI ENFIN LA PREUVE, TU COMPRENDS ?!
ET JE VAIS RETROUVER MAMAN !!
PAF
VOUS ÊTES FOUS ?!
QU'EST-CE QUI VOUS PREND, TOUS LES DEUX ?!
ON VOUS ENTEND GUEULER JUSQUE DEHORS !!
PARDON, MIKA !
DÉSOLÉ, PAPA, C'EST MOI...
J'ENNUYAIS MIKA AU SUJET D'UNE FILLE ET ÇA A DÉRAPÉ...
MIKA ?

JE ME SUIS EMPORTÉ POUR RIEN, C'EST RIDICULE !
DÉSOLÉ !
VOUS ÊTES ASSEZ GRANDS POUR GÉRER CE GENRE DE CONFLITS, NON ?
JE RETOURNE DANS MA CHAMBRE !
JE SAIS QUE CE NE SONT PAS MES AFFAIRES, MAIS...
MIKA...
... CETTE FILLE N'EST PAS POUR TOI !
OUAIS, C'EST ÇA !
MIKA, CETTE DISPUTE... EST-CE QUE C'EST À NOUVEAU LIÉ À L'HISTOIRE DE MAMAN ?
NON !!

TRÈS BIEN...
J'Y CROIS PAS !
J'Y CROIS PAS !
CLAK
HA HA HA ! J'Y SUIS ARRIVÉ, MAMAN !
IL FAUT QUE JE TERMINE LE PÉTRIFICATOR !!
ELLE A L'AIR D'ÊTRE REDEVENUE VIVANTE... NON, SI C'ÉTAIT VRAIMENT LE CAS, MON DÉTECTEUR N'AURAIT PAS RÉAGI !
PEU IMPORTE ! ELLE EST CONSTITUÉE D'ONDES SPECTRALES, LE PÉTRIFICATOR MARCHERA SUR ELLE !
POURQUOI EST-ELLE REVENUE ? ELLE A BESOIN D'UN AUTRE SACRIFICE ? MOI !!? PARCE QUE J'AI CONTINUÉ LES RECHERCHES DE MAMAN ?
JE NE VAIS PAS ME LAISSER FAIRE, J'AGIRAI LE PREMIER !!
T'INQUIÈTE PAS, MAMAN ! ELLE VA ME DIRE OÙ TU TE TROUVES ! ATTENDS-MOI ENCORE UN TOUT PETIT PEU !

MIKA ?!
MIKA, POURQUOI TU ME REGARDES COMME ÇA ?
QUOI ?!
AH... DÉSOLÉ... JE... CE WEEK-END, CE NE SERA PAS POSSIBLE, MON MATÉRIEL N'EST PAS PRÊT !
MAIS... ATTENDS !
MIKA ?
IL Y A UN PROBLÈME ?
MIKA A UN COMPORTEMENT BIZARRE !
ÇA, C'EST NORMAL ! C'EST S'IL AVAIT UN COMPORTEMENT NORMAL QUE CE SERAIT BIZARRE !
JE VIENS D'AVOIR UN MESSAGE DE MA MÈRE, ELLE T'INVITE À DÎNER, ÇA TE TENTE ?
AVEC PLAISIR... T'AS DÉJÀ PARLÉ DE MOI À TES PARENTS ?
EUH... UN PETIT PEU...

BON, CHEZ MOI, IL N'Y A PAS DE FRÈRES NEW JERSEY, MAIS MON PÈRE A UNE COLLECTION DE CRÂNES !
!
ALORS, LA NOUVELLE, ON A UN CRUSH SUR MIKA LE SCHIZO ?
HÉ, CAITLIN, TU T'ES TROUVÉ UNE GOURDE CAPABLE DE T'ÉCOUTER ?
TU SAVAIS QUE TON PETIT COPAIN EST PERSUADÉ QUE SA MÈRE S'EST FAIT ENLEVER PAR DES ALIENS À TENTACULES ?
LOGIQUE QUE TOI, TU SOIS AU COURANT, VU TA FACE, ÇA DOIT ÊTRE DES MEMBRES DE TA FAMILLE !
ALLEZ JOUER À LA BABALLE ET FOUTEZ-NOUS LA PAIX !
POUR QUI TU TE PRENDS ?
PAF

?!
TROP FOOOORT !
!
C'EST BON ? TU T'ES DÉFOULÉE, ON PEUT Y ALLER ?
ATTENDS !
OK... FAISONS LA PAIX !
VIENS AVEC NOUS CHEZ ROBERTO, J'OFFRE LE CHOCOLAT CHAUD TRIPLE CRÈME !
C'EST GENTIL... T'AS VU ÇA DANS UN TUTO « LA MANIPULATION POUR LES NULS » ?
LA PROCHAINE FOIS, FAIS L'EFFORT D'INVITER AUSSI CAITLIN.
OUUUH, COMMENT ELLE T'A FRACASSÉE !
BON CHOCOLAT CHAUD !
NON !
SI TU CROIS QUE JE VAIS EN RESTER LÀ !!
OUI, TU VAS EN RESTER LÀ !
!!
!?

ALLEZ, DÉGAGEZ, LES PISSEUSES !
C'EST LA SŒUR DU SCHIZO ! TIRONS-NOUS !!
C'EST JUSTE UN COUP DE CHANCE, J'EN AI PAS FINI AVEC TOI !!
DÉGAGE, J'AI DIT !
PAF
ET TOI, T'ES UNE MALADE !!
JE VAIS TOUT RACONTER À MON PÈRE !
SALUT, CAITLIN !
SALUT, VICKY !
TU DOIS ÊTRE JULIA !
OUI.
JE SUIS LA SŒUR DE MIKA !
TU AS L'AIR D'ÊTRE UNE CHOUETTE FILLE !
JE SAIS QUE ÇA NE ME REGARDE PAS, MAIS TU DEVRAIS ÉVITER DE TRAÎNER AVEC MON FRÈRE !
IL PEUT AVOIR DES RÉACTIONS...
... EXCESSIVES !
MERCI.
MAIS JE PENSE POUVOIR ME FAIRE MA PROPRE OPINION !
COMME TU VEUX...
MAIS JE T'AURAI PRÉVENUE !

VICTORIA EST VRAIMENT COOL...
MAIS ON S'EN FOUT !!
COMMENT TU AS FAIT CE TRUC ?!
TU AS DES POIDS DANS TES TALONS ?
C'EST ÇA ?
UNE MAGICIENNE NE RÉVÈLE JAMAIS SES TOURS !
ALLEZ ! JE NE LE DIRAI À PERSONNE !!
NON !
ALLEEEEZ
NOOON
ALLEEEEEEEEZ
NOOOOON
BONSOIR DAMOISELLES, BIENVENUE AU CHÂTEAU !
JE VIENS D'ALLER QUÉRIR UN PRÉSENT SUCRÉ !

MAIS À QUI AI-JE DONC L'HONNEUR ?
SALUT, PAPA, JE TE PRÉSENTE JULIA !
BONSOIR, MONSEIGNEUR !
HOHOHO HO
VOILÀ DONC LA FAMEUSE JULIA DONT CAITLIN NOUS A RACONTÉ LES HAUTS FAITS TOUTE LA SOIRÉE D'HIER !!
PAPAAAA !!
HA HA HA HA
TOUT LE MONDE À TABLE !
C'EST PRÊT !
HAHA HAHAHA
TU VAS VOIR, MAMAN FAIT DES SUPER LASAGNES !
HA HA HA
ARRÊTE DE RIRE !
UN CADEAU POUR MA REINE !
BIZ
MERCI, MON ROI !

J'AI BIEN CONNU TA TANTE QUAND ELLE ÉTAIT DIRECTRICE DU LYCÉE.
UNE FEMME TRÈS INTELLIGENTE !
ELLE T'INTIMIDAIT, TU ÉTAIS SOUS SON CHARME INTELLECTUEL !
MAIS... EUH... NON, PAS DU TOUT !
HI HI HI ! PAPA, TU ROUGIS !
OUI... BON... BREF, SA SPÉCIALITÉ ÉTAIT LA PHYSIQUE !
AVEC LE CERVEAU QU'ELLE AVAIT, JE N'AI JAMAIS COMPRIS POURQUOI ELLE EST RESTÉE DANS L'ENSEIGNEMENT !
PARCE QUE TRANSMETTRE LE SAVOIR EST SIGNE DE GRANDE INTELLIGENCE, MON CHÉRI !
SES RECHERCHES PORTAIENT SUR LES ESPRITS, LEURS FORMES ET LEUR DENSITÉ... ET COMME VOUS POUVEZ L'IMAGINER, PERSONNE NE L'AURAIT PRISE AU SÉRIEUX !
!?
!
!

C'EST VRAI QUE LE MILIEU SCIENTIFIQUE NE L'AURAIT PAS PRISE AU SÉRIEUX, MAIS SI TA TANTE FAISAIT DES RECHERCHES DANS CE DOMAINE, C'EST QU'ELLE AVAIT DÉCOUVERT DES ÉLÉMENTS SOLIDES !
OUI !
CAITLIN NOUS A DIT QUE TU VENAIS D'ANGLETERRE !
J'AIMERAIS POUVOIR JETER UN ŒIL À SES RECHERCHES...
OUI, DE GRAVESEND PRÉCISÉMENT !
HO, INTÉRESSANT ! JE FAIS JUSTEMENT UNE ÉTUDE SUR LE CONFORT DES MOYENS DE LOCOMOTION DU DIX-NEUVIÈME SIÈCLE EN ANGLETERRE !
PAPAAAA !
... LES FIACRES, PAR EXEMPLE. LES RUES DE LONDRES ÉTAIENT PAVÉES GROSSIÈREMENT, ET LA SUSPENSION DE CES VÉHICULES CRÉAIT DE VÉRITABLES TREMBLEMENTS DE TERRE POUR LES POSTÉRIEURS DES PASSAGERS.
PAPA, ON S'EN FICHE !
EN FAIT, ON S'Y HABITUAIT. LE PIRE, C'ÉTAIT L'ODEUR : LE REVÊTEMENT DES SIÈGES ÉTAIT EN CUIR, ET IL N'Y AVAIT PAS DE SUPER PRODUIT NETTOYANT À L'ÉPOQUE !
ET VOUS N'IMAGINEZ PAS TOUT CE QUI POUVAIT SE PASSER DANS UN FIACRE !

C'EST UN ONCLE FÉRU D'HISTOIRE QUI M'A RACONTÉ CETTE ANECDOTE !
!
ET SINON, JULIA, COMMENT SE PASSE TON INTÉGRATION ?
TRÈS INTÉRESSANT, IL FAUT QUE JE NOTE ÇA !
TRÈS BIEN, JE ME SUIS FAIT DEUX AMIS : CAITLIN ET MIKA !
MAIS MIKA DEVIENT DE PLUS EN PLUS BIZARRE !
MIKA... LE PAUVRE GARÇON A ÉTÉ PROFONDÉMENT AFFECTÉ PAR LA DISPARITION DE SA MÈRE !
LUC, JE NE CROIS PAS QUE CE SOIT À NOUS DE LEUR PARLER DE ÇA !
ILS SONT AMIS ET LES FILLES SONT BIEN ASSEZ MATURES !
JE PENSE, AU CONTRAIRE, QUE C'EST JUDICIEUX DE LEUR PARLER DES FAITS !
LA MÈRE DE MIKA A ÉTÉ ENLEVÉE, SOUS SES YEUX, EN PLEINE JOURNÉE !
MIKA AVAIT HUIT ANS...

... ET IL A ÉTÉ LE SEUL ET UNIQUE TÉMOIN.
IL S'ÉTAIT CACHÉ DANS UN COFFRE, DANS LE LABORATOIRE DE SA MÈRE !
SELON LUI, UN FANTÔME AURAIT POUSSÉ SA MAMAN CONTRE UN MUR DU LABO, ET LE MUR L'AURAIT AVALÉE...
LES ENQUÊTEURS ONT MIS CE TÉMOIGNAGE SUR LE COMPTE DU TRAUMATISME SUBI.
AUCUNE PISTE SÉRIEUSE N'A ÉTÉ TROUVÉE ; LA DISPARITION RESTE UN MYSTÈRE COMPLET...

JE NE VAIS PAS POUVOIR LE TESTER AVANT !
MIKA, IL EST 2 HEURES DU MATIN, IL FAUT QUE TU DORMES !
OUI... OUI... J'AI FINI ! BONNE NUIT PAPA !
BONNE NUIT, BONHOMME !
TERMINÉ !
ET SI ÇA LA DÉTRUISAIT...?
QU'ELLE DISPARAISSAIT À JAMAIS ?
NON, JE N'AI PAS LE CHOIX !
IL ME FAUT DES RÉPONSES !
ET IL N'Y A QU'AVEC ÇA QUE JE POURRAIS LES OBTENIR...
TAP
LE PÉTRIFICATOR !

POURQUOI TU NE VOULAIS PAS QUE CAITLIN SOIT LÀ ?
ELLE FAIT TROP D'INTERFÉRENCES !
CE N'EST PAS PLUS MAL, JE DOIS TE PARLER DE QUELQUE CHOSE D'IMPORTANT !
MOI AUSSI !
JE TE PRÉSENTE LE PÉTRIFICATOR !
ÉCOUTE, MIKA...
ÇA BALANCE DES ONDES QUI ÉCRASENT TOUTE FORME ÉTHÉRÉE !
UNE SORTE DE CONVERSION DES ONDES STATIONNAIRES !
NON, C'EST TOI QUI VAS M'ÉCOUTER !
JE SAIS CE QUE TU ES !!
CLIC
VRRRR
!!?

BOUM
JE LE SAVAIS ! TU ES LE FANTÔME QUE J'AI VU QUAND J'AVAIS HUIT ANS !
MAINTENANT, TU VAS ME DIRE OÙ EST MA MÈRE !!

JE NE SAIS PAS !
OUI, JE SUIS UN FANTÔME !
MAIS JE NE CONNAIS PAS TA MÈRE !
TU MENS ! JE T'AI VUE LA POUSSER DANS LA DIMENSION DES MORTS !! TU AS PRIS SA PLACE POUR REVENIR PARMI LES VIVANTS !
JE... NE COMPRENDS PAS !
JE TE LE JURE, MIKA !
JE PEUX AUGMENTER LA PUISSANCE DU PÉTRIFICATOR !
C'EST ÇA QUE TU VEUX ?
C'EST ÇA QUE TU VEUX ?!

MIKA ?
PAPA, TU AS VU MIKA ?
JE N'ARRIVE PAS À LE JOINDRE !
IL EST PARTI AVEC SON MATÉRIEL DE GHOSTBUSTER CHEZ UNE AMIE !
MERDE !!
!?
QUOI ?
IL EST AU MANOIR MEITNER ! JE PRENDS LA VOITURE !
QUOI ?!
LE MANOIR MEITNER ?! NON, ATTENDS !!
VRRR
...
JE T'EN PRIE, MIKA, NE FAIS PAS DE CONNERIES !
MIKA, ARRÊTE !

JE… NE SAIS PAS QUI EST TA MAMAN… JE… TE… LE RÉPÈTE, JE N'AI JAMAIS… RENCONTRÉ D'AUTRES FANTÔMES !!
MAMAN EST VIVANTE, CE N'EST PAS UNE SALOPERIE DE FANTÔME !!
JE VEUX QUE TU LA FASSES REVENIR ! JE TE DONNE UNE DERNIÈRE CHANCE !!
JE NE SAIS RIEN, MIKA ! JE NE SAIS MÊME PAS CE QUE JE SUIS RÉELLEMENT !!
MAIS JE SAIS QUE J'ÉTAIS HEUREUSE DE T'AVOIR RENCONTRÉ !
PENDANT PRÈS DE CENT ANS, J'AI CHERCHÉ QUELQU'UN COMME TOI…
… CAPABLE DE PERCER LES SECRETS DU MONDE SPECTRAL !
POUR COMPRENDRE CE QUE JE SUIS…
… POURQUOI JE SUIS ENCORE PARMI VOUS…
… POURQUOI JE SUIS LA SEULE…

MA MEILLEURE AMIE A PASSÉ SA VIE ENTIÈRE À EFFECTUER DES RECHERCHES DANS CE SENS SANS ABOUTIR À DES RÉSULTATS PROBANTS.
MAIS TOI, TU Y ES ARRIVÉ !
NON, TU ESSAIES DE ME MANIPULER !
JE N'AI FAIT QUE POURSUIVRE LES RECHERCHES DE MAMAN, JUSQU'À CE QUE JE FINISSE PAR COMPRENDRE QUE C'EST À CAUSE DE CES DERNIÈRES QUE VOS ROUTES SE SONT CROISÉES !
DIS-MOI AU MOINS LA VÉRITÉ... ELLE NE PEUT PAS REVENIR, C'EST ÇA ?
MIKA ?!
MAIS QU'EST-CE QUE TU FOUS ?!
PERSONNE NE M'A CRU !
VOUS VOULIEZ UNE PREUVE ?
HEIN ?!
J'AI PLUS QU'UNE PREUVE, J'AI LA COUPABLE ! CETTE FILLE EST LE FANTÔME QUI A ENLEVÉ MAMAN !!

COMMENT
C'EST POSSIBLE ?
SI TU VEUX REVOIR MAMAN,
LAISSE-MOI FAIRE, VICKY !
JE N'AI AUCUNE IDÉE DES CONSÉQUENCES
DU PÉTRIFICATOR SUR TOI ! MAIS À MON
AVIS, TU RISQUES DE DISPARAÎTRE
À JAMAIS, ALORS PARLE !
JE NE
SAIS PAS...
!?
!!?

BOUM
CAITLIN ?!
J'AI EU UN PRESSENTIMENT... TU N'AS PLUS À T'EN FAIRE, JE SUIS LÀ !
RESTE CACHÉE DERRIÈRE MOI !
QU'EST-CE QUE TU FAIS ?!
TOI, TU NE T'APPROCHES PAS !
TU... TU N'ES PAS EFFRAYÉE PAR... CE QUE JE SUIS ?
NON !
J'AI COMPRIS QUE TU N'ÉTAIS PAS... COMME NOUS, LE JOUR OÙ ON A VISITÉ TON MANOIR !

QU'EST-CE QUE JE PEUX FAIRE ?
Hiii Hiii
JE DOIS... JUSTE ME REPOSER. PASSE À L'ARRIÈRE DE LA MAISON, JE VAIS ME CACHER !
Hiiii Hiiii Hiii
CAITLIN ?
NE... HII... T'INQUIÈTE PAS... HII... C'EST MON ASTHME... HIIII...
UN P'TIT COUP D'AÉROSOL... HII... ET CE SERA... HIII... BON !
NON !!
!
!!
PAF

MIKA, LAISSE-LA TRANQUILLE !
NOOON !
JE NE TE LAISSERAI PAS T'ENFUIR !!
MIKA !!
T'ES DEVENU COMPLÈTEMENT BARGE !!
BROUF
PEU IMPORTE QUI ELLE EST OU CE QU'ELLE EST !
TU N'OBTIENDRAS PAS DE RÉPONSES EN TE COMPORTANT COMME UN FOU FURIEUX !!

CAITLIN !!
HiiiHiii
Hiii
Hiii
ELLE FAIT UNE CRISE D'ASTHME !!
Hiii
Hiii
IL LUI FAUT SON AÉROSOL !
LA BOUCHE D'ÉVACUATION !
JE LE VOIS !!
JE...
JE N'ARRIVE PAS À L'ATTEINDRE !

JE N'Y ARRIVE PAS NON PLUS !!
LAISSEZ-MOI FAIRE !!
VICKY, AIDE-MOI À RETIRER MON PULL !
QUOI ?... OK !
!?
HiiiiHiii
TIENS BON, CAITLIN !

PRENEZ-LE !!
PSCHHH
ALLEZ, CAITLIN, RESPIRE !!

Hiiiii...

MIKA... HIII... NE T'APPROCHE PAS !

VOUS ALLEZ CONTINUER À ME REGARDER LONGTEMPS COMME ÇA ?
C'ÉTAIT QUAND MÊME TRÈS IMPRESSIONNANT !
VRAIMENT EFFRAYANT !
MIKA, JE TE LE RÉPÈTE !
JE NE SAIS RIEN AU SUJET DE TA MAMAN !
JE T'EN PRIE, CROIS-MOI !
JE VAIS TE DIRE TOUT CE QUE JE SAIS SUR CE QUE JE SUIS !
JE SUIS APPARUE EN 1896, AU MILIEU DES DÉCOMBRES CALCINÉS D'UNE GRANDE MAISON, AU CŒUR DE LONDRES.
J'IGNORE COMMENT JE SUIS MORTE... JE N'AI AUCUN SOUVENIR DE MA VIE D'AVANT, DE MA FAMILLE, DE MES AMIS...
JE ME SOUVENAIS JUSTE DE MON NOM ET JE SAVAIS QUE JE N'AVAIS RIEN À FAIRE DANS LE MONDE DES VIVANTS.

MES APTITUDES DE FANTÔME M'ONT PERMIS DE RESTER CACHÉE DURANT PLUSIEURS ANNÉES TOUT EN CHERCHANT D'AUTRES ÊTRES COMME MOI...
MAIS COMME JE TE L'AI DIT, MIKA, JE N'AI TROUVÉ PERSONNE !
À PARTIR DES ANNÉES 60, J'AI TENTÉ DE ME LIER AVEC LES VIVANTS. C'EST LÀ QUE J'AI FAIT LA CONNAISSANCE DE NATALIA. ELLE AVAIT ALORS TREIZE ANS.
ELLE EST LA PREMIÈRE PERSONNE À QUI J'AI RÉVÉLÉ MA VRAIE NATURE !
COMME VOUS L'AVEZ VU, MON CORPS A COMMENCÉ À DISPARAÎTRE AVEC LES ANNÉES... IL NE ME RESTE QUE MES PIEDS, MES MAINS, MON COU ET MA TÊTE...
JE DEVIENS INVISIBLE, MAIS JE NE SAIS PAS POURQUOI !
NATALIA A PASSÉ SA VIE À ESSAYER DE COMPRENDRE.
ET ELLE A CHERCHÉ AVEC MOI D'AUTRES SPECTRES !
ALORS...
... TOUT EST VRAI !

PAPA ?!
!!
?
QUAND TU M'AS DIT QUE TU ALLAIS AU MANOIR DE NATALIA MEITNER, VICTORIA, J'AI PANIQUÉ !
JE...
JE SUIS DÉSOLÉ, MIKA.
DÉSOLÉ DE NE PAS T'AVOIR CRU !
CECI, MIKA, SONT LES DERNIÈRES RECHERCHES DE NATALIA ET TA MÈRE. JE LES AI CACHÉES CAR... JE CRAIGNAIS QU'ON LA PRENNE POUR UNE FOLLE.
CE DOSSIER, JE L'AI LU ET RELU...
JESSICA
... COMME SI J'ALLAIS TROUVER UNE PISTE POUR LA RETROUVER !
MAIS TOUT ÇA N'AVAIT PAS LE MOINDRE SENS POUR MOI !
C'EST UNE THÉORIE SUR LA NATURE DU MONDE DES MORTS ET SUR COMMENT Y ACCÉDER !
JESSICA

ET SI TU ES LÀ, JULIA, ÇA VEUT DIRE QU'ELLE AVAIT RAISON. ON PEUT ACCÉDER AU MONDE DES MORTS. ET FAIRE REVENIR JESSICA !
PAPA !
C'EST ELLE, LE FANTÔME !! ELLE QUI A PRIS LA PLACE DE MAMAN POUR VIVRE ICI !!
TU NE VAS PAS RECOMMENCER !
MIKA !
NON, MIKA !
ELLE N'Y EST POUR RIEN.
DANS CE DOSSIER, JULIA N'EST PAS NOMMÉE, MAIS ELLES PARLENT D'ELLE IMPLICITEMENT. JE PENSE QU'ELLES VOULAIENT LA PROTÉGER ET… LA RENVOYER DANS LE MONDE DES ÂMES. C'EST LE BUT UNIQUE VERS LEQUEL TENDENT TOUTES LEURS RECHERCHES.
MAINTENANT, JULIA, JE NE COMPRENDS PAS… TU AS FORCÉMENT VU JESSICA, ET JE CROIS MIKA LORSQU'IL DIT QUE TU ÉTAIS PRÉSENTE LORS DE L'ACCIDENT !
PARLE ! EXPLIQUE-TOI !!
CRRRR

JE SUIS DÉSOLÉE, MOI NON PLUS, JE NE COMPRENDS PAS !
JE N'AI PAS LE MOINDRE SOUVENIR DE JESSICA, NI D'AUCUN ACCIDENT SURVENU LORS D'UNE EXPÉRIENCE SCIENTIFIQUE !
TU VOIS ?! ELLE MENT ENCORE !
OK. STOP. TEMPS MORT. C'ÉTAIT QUOI LA THÉORIE DE JESSICA SUR LE MONDE DES MORTS ?
IL EST DIVISÉ EN DEUX PARTIES : LA PREMIÈRE SERAIT CONSTITUÉE DE NOS SOUVENIRS, ET LA SECONDE SERAIT LA RÉUNION DES ÂMES !
CRRRR
ON S'EN FOUT !
ARRÊTE DE JOUER AVEC NOUS !
ET DIS-NOUS CE QUE TU VEUX !

CRRAAAK
!!
!!!
!?
AAAAAH !

JULIA !!

MIKA !
NE RESTE PAS LÀ, ÇA PEUT ÊTRE ENCORE DANGEREUX !
TU AVAIS RAISON, PAPA !
JE ME SUIS TROMPÉ !
C'EST COMME ÇA QUE MAMAN A DISPARU !
JE ME SOUVIENS DE TOUT !

QUE VEUX-TU DIRE ?
COMME TU L'AS DIT, JULIA N'Y EST POUR RIEN !
ELLE ET MAMAN TRAVAILLAIENT ENSEMBLE, CE JOUR-LÀ...
J'ÉTAIS TROP JEUNE, JE N'AI PAS COMPRIS CE QUE JE VOYAIS !
J'AI CRU QU'ELLES SE DISPUTAIENT !
JE VAIS ROUVRIR CETTE DIMENSION !
JE NE PERMETTRAI PAS QU'ELLE PRENNE UNE AUTRE VIE !
MAMAN... MAMAN S'EST INTERPOSÉE POUR SAUVER JULIA !
JULIA, ÉLOIGNE-TOI !
JE NE PEUX PAS !
ÇA FAIT MAL !!
JE N'ARRIVE PAS À REFERMER LE PORTAIL !
JESSICA, NOOOON !

JULIA, JE TE PRÉSENTE JESSICA, UNE INGÉNIEURE DE GRAND TALENT EN QUI J'AI TOUTE CONFIANCE !
BONJOUR, JESSICA !
RAVIE DE FAIRE ENFIN TA CONNAISSANCE !
EXCUSE-MOI D'ÊTRE AUSSI DIRECTE, MAIS J'AI UN PEU DE MAL À CROI...
!!!
HA HA
HA HA
DÉSOLÉE POUR L'EFFET DRAMATIQUE !
AH OUI, C'EST IMPRESSIONNANT !

MIKA, MIKA...
MIIIIKA...
JE N'AI PAS EU LE CHOIX, J'AI DÛ PRENDRE MON PETIT BONHOMME AVEC MOI !
PERSONNE...
JE SAIS.
PERSONNE DANS MON ENTOURAGE N'EST AU COURANT POUR JULIA !
J'AI DIT À CLAUDE QUE JE TRAVAILLAIS AVEC TOI SUR LES ONDES ÉMISES PAR LE CORPS HUMAIN !
TRÈS BIEN !
ET POUR L'APPAREIL ?
J'AI AJOUTÉ DES NOTES DANS TON CARNET, J'AIMERAIS AVOIR TON AVIS !
SI CETTE MACHINE EST RÉALISABLE, JE PENSE QU'IL ME FAUDRA QUELQUES ANNÉES POUR LA METTRE AU POINT !
TU ES SÛRE DE VOULOIR RETOURNER À LONDRES ?
OUI... C'EST TROP DIFFICILE DE RESTER ICI.
NATALIA EST DANS CHAQUE REFLET DE CETTE VILLE.
MAIS, AVANT DE PARTIR, JE VEUX QU'ON ESSAIE LA MACHINE !

C'EST VRAIMENT RISQUÉ, JULIA !
JE N'AI PAS ENCORE EU LA POSSIBILITÉ DE LA TESTER !
JE SAIS...
JE NE TE L'AURAIS PAS DEMANDÉ S'IL Y AVAIT UN DANGER POUR TOI... SELON NATALIA, L'ACCÈS À L'AUTRE MONDE N'AURA DE RÉPERCUSSIONS QUE SUR MOI !
EN THÉORIE...
APRÈS TOUTES CES ANNÉES, JE PEUX ENFIN AVOIR DES RÉPONSES ! QUI JE SUIS, D'OÙ JE VIENS, POURQUOI JE SUIS LA SEULE !
ET, PEUT-ÊTRE, RETROUVER NATALIA...
TRÈS BIEN !
JE BRANCHE LA MACHINE !

ÇA FAIT MAL !!
CLIC
CLIC
JE N'ARRIVE PAS À REFERMER LE PORTAIL !!
AAAAA

J'AI CONSTRUIT CETTE MACHINE À PARTIR DES PLANS DE MAMAN. JE PENSAIS QUE C'ÉTAIT UNE SORTE DE PIÈGE POUR LES FANTÔMES...
... QUE C'EST À CAUSE DE ÇA QU'ELLE S'ÉTAIT FAIT ENLEVER !
JE L'AI AMÉLIORÉE AVEC L'OBJECTIF DE PARALYSER LES SPECTRES POUR LES FORCER À ME DONNER DES RÉPONSES !
J'AURAIS DÛ COMPRENDRE SA VÉRITABLE FONCTION !
CLAC
MIKA.
QU'EST-CE QUE TU VEUX FAIRE ? ON NE PEUT PAS PASSER DE L'AUTRE CÔTÉ ET REVENIR !
C'EST TROP DANGEREUX !
AVEC MON AMÉLIORATION, CETTE MACHINE OUVRE UN PORTAIL, MAIS FIGE AUSSI CE QUI VIENT DE L'AUTRE CÔTÉ ! ON NE DEVRAIT PAS SE FAIRE ASPIRER !
ON DOIT ESSAYER !
MIKA A RAISON !
VOTRE FEMME S'EST FAIT ASPIRER PARCE QU'ELLE S'EST INTERPOSÉE !

EN SURVOLANT CE DOSSIER, JE PENSE AVOIR TROUVÉ QUELQUES RÉPONSES !
L'ÉCHO DES ONDES ST.B.6 TENDRAIENT À PROUVER QUE LE MONDE DES ÂMES A PLUSIEURS COUCHES.
-LA PREMIÈRE NE CONTIENDRAIT QUE DES "SOUVENIRS" (UNIQUEMENT HUMAIN?) (SOUS QUELLE FORME?)
(EST-CE QUE NOTRE HIPPOCAMPE EST UN ACCÈS AU MONDE DES ESPRITS ?)
• CETTE COUCHE A UN IMPACT SUR LES VIVANTS !
-LA SECONDE COUCHE SERAIT LE MONDE DES ESPRITS IMPOSSIBLE D'AVOIR LA MOINDRE INFORMATION SUR CETTE PARTIE, NOUS DEVONS ATTEINDRE LA
CET AUTRE MONDE ASPIRE LES SOUVENIRS, C'EST PEUT-ÊTRE POUR ÇA QUE JULIA NE SE SOUVIENT PAS DE JESSICA !
À MON AVIS, L'EXISTENCE DE JESSICA A ÉTÉ EFFACÉE DE SA MÉMOIRE LORS DE L'INCIDENT !
MAIS CE N'EST PAS ÇA QUI EST IMPORTANT !
SELON NATALIA, IL N'Y AURAIT PAS DE FANTÔMES DANS CE LIEU, UNIQUEMENT DES SOUVENIRS !
DONC LE TEMPS QUE JULIA TRAVERSE CE LIEU AVANT D'ATTEINDRE LE MONDE DES ESPRITS, ELLE SERA UN CORPS ÉTRANGER !
BIEN VU, CAIT !! ON N'A PAS UNE MINUTE À PERDRE, ON VA POUSSER CE MONDE À L'ÉJECTER DE NOTRE CÔTÉ !
VOTRE MÈRE EST DANS LE MÊME CAS, PEUT-ÊTRE... ELLE POURRAIT AUSSI REVENIR !
PAPA, ARRÊTE !!

TU ES RIDICULE !!
TU PARLES DE MAMAN COMME SI ELLE ÉTAIT ENCORE EN VIE !
ELLE EST DANS LE MONDE DES MORTS !!
TU COMPRENDS ?!
PARDON VICKY, JE... JE SUIS ÉGOÏSTE, JE N'AI PAS FAIT MON DEUIL ET JE VOUS AI EMBARQUÉS DANS MON OBSESSION SILENCIEUSE...
JE N'AI FAIT QUE NOUS ÉLOIGNER LES UNS DES AUTRES PARCE QUE J'ÉTAIS INCAPABLE D'AFFRONTER SA DISPARITION ! MAIS CETTE DÉCOUVERTE, C'EST UN ESPOIR...
CE SERA SANS MOI !

VICKY, RESTE !
S'IL TE PLAÎT !
J'AI BESOIN DE TOI !
SI NOTRE THÉORIE EST FAUSSE ET QUE L'AUTRE MONDE TENTE DE NOUS ASPIRER, ON SORT TOUS D'ICI ET JE COUPERAI LE PÉTRIFICATOR À DISTANCE !
COMPRIS, MIKA !
VAS-Y !
!!

JESSICA !
RÊVEILLE-TOI !!
!!?

JULIA...
NON !
PARDONNE-MOI, CAITLIN !
MAIS JE SAIS ENFIN CE QUE JE SUIS...
MERCI POUR TOUT, JESSICA !

JULIAAAAA !!

MAMAN !!
MIKA ?
VICKY ?
CLAUDE ?
VOUS ÊTES...
OÙ EST JULIA ?

UNE SEMAINE PLUS TARD...
OUI, MAMAN VA BIEN... PHYSIQUEMENT ! ÉMOTIONNELLEMENT, C'EST BEAUCOUP PLUS DIFFICILE. POUR ELLE, CES SIX ANNÉES N'ONT DURÉ QUE QUELQUES MINUTES !
DE L'AUTRE CÔTÉ, ELLE A EU ACCÈS À L'HISTOIRE DE JULIA...
ELLE EST NÉE EN 1896, D'UNE EXPÉRIENCE MÉDIUMNIQUE RATÉE.
UNE ARISTOCRATE VOULAIT ENTRER EN CONTACT AVEC SA FILLE DÉCÉDÉE À L'ÂGE DE QUATORZE ANS.
POUR CELA, LE MÉDIUM A UTILISÉ UNE MACHINE SEMBLABLE À MON INVENTION.
MAIS ELLE N'ÉTAIT PAS AU POINT. LA MACHINE A EXPLOSÉ ET TOUS LES GENS PRÉSENTS SONT MORTS !
IL NE RESTAIT QUE JULIA...
BOUM

SEULEMENT, JULIA N'EST PAS LE FANTÔME DE LA JEUNE FILLE !
MAIS JUSTE SON SOUVENIR !
C'EST POUR ÇA QU'ELLE DISPARAISSAIT AU FIL DU TEMPS, L'AUTRE CÔTÉ VOULAIT LA RÉCUPÉRER !
!?
CAITLIN, ATTENDS !
MOI AUSSI, JE VEUX LA REVOIR !
MAIS MAMAN M'A DIT QU'ON NE DEVAIT PAS ESSAYER DE LA FAIRE REVENIR, SA PLACE EST DE L'AUTRE CÔTÉ !
MERCI, MIKA, MAIS JE DOIS ALLER M'OCCUPER DE GRIFFY !
OH... OK...

NOUS, ON SAIT QU'ILS SE TROMPENT, PAS VRAI, GRIFFY ?
SA PLACE N'EST PAS DE L'AUTRE CÔTÉ.
MIOU !
À MOI AUSSI, ELLE ME MANQUE BEAUCOUP !
RRRRR
SLURP
SLURP
SLURP